물 밖에서 물을 가지고 놀았다

김호균

시인의 말

나는 시를 믿는다.

시는 나를 망가지지 않게 지켜주었다.

낡은 안경처럼 오래되었으나

그것으로 오롯이

내가 가야 할 앞길을 놓지 않았다.

누군가 만들어놓은

경계에서,

이분법에서,

벗어나는 날이 오면 좋겠다.

2020년 9월

김호균

물 밖에서 물을 가지고 놀았다

차례

1부 슬픈 순환

2부 진달래는 메가폰이다

3부 생명을 틔우는 마술

4부 최후처럼 주저앉고 최초처럼 일어서는

발문

　―김형중(문학평론가)

1부

슬픈 순환

봄날

고개를 넘자
봄밭에서
라면발 같은
아지랑이 어질어질하다

무덤 속에서
허리 지지고 누워 있던 사람 하나
한숨 잘 잤다며
벌떡 일어나
살아 돌아올 것 같다

소금쟁이

물 밖에서 물을 가지고 놀았다
물 안의 개펄에 결코 빠져들지 않았다
일생을 물에서 살면서도
온갖 유혹 뿌리치며 살았다

소금쟁이는 발목만 담근 듯 만 듯
그러니까, 세상과는 아주 떨어지지 않으면서도
세상을 사뿐사뿐 가지고 노는
힘,

딛는 발로 징 무늬를 그리며 징징징,
내달릴 때마다
물 안의 세상도 징징 울렸을까

얼마나 많이 발길에 채었는지
물 안이 온통 멍 빛이다

늪에서 일생을 보내면서

누가 그렇게 살았을까

염소의 힘

말뚝에 매인 줄을 버리고 혼자서 길을 가는 염소야

네 앞무릎에
차돌처럼 박혀 있는 옹이를 볼 때마다
무릎을 꿇고서도 한사코 일어서려던
누군가의 몸부림이 떠올라
가슴 아팠다

남은 식구 하나 없이
유원지를 질러가는 염소야
네가 버티는 힘은
뿔이 아니라
너의 그 굳은 앞무릎

세상을 알려면
세상에 무릎을 대야 하고,
거기서 한 발 더 넘어서려면
네 무릎의 옹이가 한 겹 더

네 안쪽을 향해 굽이쳐야 한다는 것을
그래야 너의 성난 뿔이
들이받을 수 있는 힘이 생긴다는 것을

동전만 한 너의 앞무릎 굳은살이
황사를 뚫고 가는 날
내가 모르던 길을 몰고 가는 너를
오늘에서야 겨우 바로 보고 있다

전어

가을이 왔다 포장마차 수족관에 전어들이 쉭, 쉭,
쉭, 날아다닌다
　마치 비수처럼 날아와 가슴에 박힐 것 같다

　자객은 어디에 숨었나

　보이지 않는데,

　빌딩 안, 책상에 앉은 사람들의 생각이 쉭, 쉭, 쉭, 날
아다닌다
　압력은 높아지고 있는데,
　그 압력 누가 높여 놓았나 진범을 찾기 쉽지 않다

　TV나 신문이나
　소주 한잔 알싸하니 들이켜는 술판이나
　허공에 날아다니는 비수로 상처가 못내 심각하다

　그러므로 전어,

그것을 보고 또 안주 삼고 싶다면
날마다 똑같은 뉴스를 보라,
수천의 비수가 날아다니는
자객으로 가득 찬 뉴스를

전어가 돌아오는 가을
사람들은 다 상처투성이다

짱뚱어 1

불쑥 쳐들고 있는 머리 꼭대기
왕방울 눈을 한 짱뚱어는
갈대를 휘게 하는 바람을 보았으리

비바람 눈보라도 보고,
뱃길 오가는
갯가 사람들 움직임도 다 보았으리

그 경험들 다 모아
다시 산다는 것을 묻는다면

불안투성이일 수밖에 없는 생의 전투였으리

참호를 파놓고 눈자위를 끔벅끔벅 사주경계하느라
여념 없는

그 둘러보는 힘이 없었다면

짱뚱어는 짱뚱어가 아니었으리

송홧가루

아침 일찍,
소나무의 포신이 열리고
발사가 시작된다
샛노란 포연이
산 가득 자욱하다

그것들은 바람을 따라 흩어져 간다

훈련된 듯 민첩하게
산과 강을 건넌다

5월의 세상은 포연 가득한 격전지

살아남은 놈은 몇 안 되고
나머지는 세상 곳곳에
먼지처럼 가라앉는다

회화나무

태풍이 온 날
회화나무 가지의 움직임을 자세히 보면
리듬을 타는 권투선수 같다

성당 앞 2층 호프집에 앉아 있으면
회화나무가 얼마나 많은 잽을 날리고 있는지

오는 바람을 머리 숙여 피하며
휙, 휙, 휙 빈 곳을 탐색하고 있다

나 아닌 누군가도
회화나무가 저렇게 아슬아슬하게
바람에 뒤집어질 때,
저건 뒤집어지는 것이 아니라
비바람의 펀치를 피하고 있는 것이라고
말해 주면 좋겠다

사실, 회화나무는 너무 오래전부터

바람을 넘어뜨리고 싶어
온몸을 흔들다
어느새 치고 피하는
빈틈의 박자를
몸에 새기고 말았다

떨어진 동백꽃

가지 위에서만
피는 것이
자꾸
걸린다

아래 땅바닥

거기도 내가 필 곳이다

매달리고 산
절벽의 밧줄을 끊으며

나는 내려간다

툭, 하고
떨어지면

지축이 흔들리고

내가 살 영토가 다가온다

아래서도 보는 눈이 트이고 말 것이다

혈육

꽃들은 어떻게 이름을 받게 된 것일까

땅 위, 꽃들을 보노라면
식물과 동물, 떠다니는 기류가
사람의 김가 이가 박가처럼
혈연으로 맺어진 관계는 아닐까

곰곰이 생각할수록
이 땅에 옹기종기 살았던
꽃들의 이름이 궁금해진다

노루귀꽃은 하필
노루귀라는 이름을 가졌을까
제비꽃은 제비와
매발톱꽃은 매의 발톱과
박쥐나무,
범의꼬리조팝나무,
꿩의다리,

이상하기 짝이 없는 동물의 이름이
어떻게 꽃 속에 숨어 들어가 살고 있는지

바람꽃은 왜
바람이라는 이름을 가졌을까

아무래도
함께 살아야 할 것들이
꽃이 되어
핏줄로 맺어진 까닭 아닐까

황룡강 미루나무

황룡강 들판에 서 있는 미루나무는
어쩐지 사내답다

하늘도 제 맘대로 가져다
가지에 척 걸쳐놓고
때 낀 몸 한구석 간지러워지면
먹구름들 불러모아 시원하게 샤워도 한다

집 지을 곳 없어 허둥대는 까치들
튼튼한 가지 하나
세도 받지 않고
빌려주곤 한다

목마르면 물 가까이
뿌리 뻗어
쩝쩝 입맛을 다시는 나무야
세상은 다 네 것이다

햇살도, 강물도
망망 들판 바람도 다 가져다 쓰며
아무렇지도 않게 겨울을 난다
그러다 바람 매섭게 불어닥치면
수만 이파리 잘라 아낌없이 대지에 줘버린다

제가 산 세상
거름이 된다

숨구멍

소나무가 논 가운데 서 있다
그늘 둘레가 제법 크다
하동에서도 보았던 그것을
운주사 가는 길목에서 본다

아득한 섬진강
평사리 하씨 성을 가진 무덤에 오르다 보면
물살 바깥으로 나앉은 들판 속에
소나무 두 그루 보인다

길을 가다가 가끔씩 만나는
저 풍경
새우처럼 등 구부리며 앉아 일하던
산밭 끝머리
같이 키 세우던 나무와 그 둘레

한쪽으로 치워버린 틈틈까지
다 일구고서야

직성이 풀리던 정오 무렵
땡볕 가릴 자릴 만들어 놓고
샛밥 먹을 자릴 빼놓지 않던
뜨겁지도 차지도 않던 네 둘레

지나치고 난 뒤에도
저것 참,
꼭 내 버릴 수 없는 숨구멍 같다

식분증

토끼는 업이 있는 동물이다
업을 풀기 위해
자신이 벌렁벌렁 내뱉은 똥을
제 입으로 다시 먹는다
이 슬픈 순환이 토끼의 업이다

토끼의 반복되는 삶 속에는
과거를 되돌려서
잘못된 자신의 기억을 재편집하고 싶은
욕심이 있다

이걸 식분증食糞症이라 하는데
누군가 이 순환을 막으면 토끼는 영양실조로
죽어 버린다

평생 가까이에서 나와 함께 살아가는
적이기도 친구이기도 한 사람들아
그대들은 그대들이 싼 똥을

내가 다시 먹자 하면
어떻게 하겠느냐

눈을 감은 채 우리가
살아온 세상을 함께 핥자고 하면

아, 그 무궁無窮의 똥 덩어리 안에
나와 그대들이 있다면

오늘도 나는 내가 싼 똥을
다시 또 먹을 준비를 하고 있다

국도의 거울

거울이
국도의 휘어진 굽이에 서 있다

이 거울은
나보다는 휘어진 길 저쪽의 차량을
더 잘 보여 준다

휘어진 길 거울 앞에서는
속도를 줄여야 한다
길 밖으로
튀어나가지 않기 위해
총알 자국 몇 방씩 나 있는 거울을 보다 보면
방패가 떠오른다

누군가 나를 향해 던진
돌팔매도 훤히 볼 수 있도록
휘어진 굽이를 지켜 선 채 나를
스치듯 짧게 배웅하고 있지만

밤이면 어둠 속에서
홀로 빛을 반사하며 거기 선 모습이
제 생의 몫을 다하고 있는 파수꾼 같다

짱뚱어 2

갯벌은 짱뚱어가 사는 요새다
구멍과 구멍 사이의 길을 연결해놓고
비밀스런 활동을 한다

그 참호를 생각하노라면
짱뚱어야말로 이 세상을 지키는 이가 아닌가 싶다

뻔하게 뜬 눈은
보초를 서느라 여념이 없다

사람, 그 무서운 짐승이 가까이 접근해 오면

짱뚱어는 후다닥 사라지고

구멍, 구멍이 죄다

총구로 변한다

메타세쿼이아

일요일의 담양에 가면
기다릴 줄 아는 나무가 서 있습니다

신생대에서부터 살아온지라
혼자서는 너무 쓸쓸하고 외로우니까
친구들과 함께 서 있습니다

기다리는 것들이 올 때까지 매무새 단정하게
예를 갖추고 서 있습니다

일요일의 담양에는
바라볼 줄 아는 나무가 서 있습니다

소실점에서부터 점점 확대되어 날아오다 다시 소실
점이 되어가는
새들의 기나긴 여정을 꼼꼼히 지켜보며 서 있습니다

지나가는 모든 것들의 행적을 놓칠세라

키를 세우고 세워서 하늘 끝까지 서 있습니다

그렇게 오래도록 기다리고 바라보며 서 있는 까닭은
이 세상 등 돌릴 수 없었기 때문입니다

2부

진달래는 메가폰이다

무등산

무등산은 압력솥,
폭발하지 않은 채 따글따글 소리를 내는 압력솥,

보이지 않지만 해발 1,187m의 압력이
어느 날,
시내버스 번호판까지 1187로 바꾸어놓은

백악기 팔천칠백만 년 전부터 시작되어
아직까지 따글따글거리고 있는 솥,

밥을 만드는 솥,

선거철마다 머리를 조아리게 하여 표를 만드는 솥,

무등산은 뭐랄까,
모두를 위한 밥이 될 때까지
끓고 있는 솥,

뜸을, 뜸을 들이고 있는 압력이 냉갈을 나게 하는 솥
이다

삶

삶, 너는 왜 걸음 소리가 없느냐

온몸 실은 발이
바닥에 닿아도
너의 무게는 소리가 실리지 않는다

눈 오는 밤
슬금슬금 튀어 올라
비닐하우스 닭장의 들보를 건널 때에도
너는 네 무게 중심에 소리를 감춰둔다

네가 소지한 무기는
세계를 향해 두 눈에 불을 켜두되
소리마저 몸 안에 가둬둔 발걸음이다

너의 실체는 그 슬프고도 거룩한 걸음걸이에 엄습
해 오리라

이제, 동요는 없다

먹이를 콱, 물고 흔들 외마디 정적만이
남아 있을 뿐

나무 물고기

백양사 망루 위 나무 물고기는
아무것도 먹지 않는다
머리도 비워두고
내장도 비워두고 먼지 속에서 산 지 오래다
스님 한 분, 저녁 예불하러 올라와
비어 있는 나무 물고기 두드린다
소리가 계곡을 따라 단풍잎을 타고
중평마을까지 퍼져나간다
나무 물고기, 속이 가득 차 있었다면
비어 있지 않았다면
어떻게 탁하면서도 맑은 소리 흘러나올까
죽어 간 물고기를 위한
진혼의 소리라지만 그것만이 다이겠는가
빈 채로 가득 차
먼 데까지 이르는
그 헤아릴 수 없는 두드림을
바쁘기만 한 너에게 공양하고 있다

너무 많이 보아 버린 눈,

너무 많이 맡아 버린 코,

너무 많이 먹어 버린 입,

너무 많이 들어 버린 귀에게

밤 기차

바깥에서 보면

기차의 유리창마다
무슨 불송이 같은 것이 매달려 가고 있다고 생각하
겠지만

안에서 보면

시커먼 밤 때문에
유리창은 온통 깊은 거울이 된다

어떻게 살 것이냐

한없이 아득해지는 창밖을 헤집고 뒤적이다 보면,

그 거울의 길이는
물경, 용산에서 광주까지 길어지곤 한다

말

아르항가이 초원 위에 말이 달리고 있다
점점 가까이 다가올수록
말은
달리는 게 아니라
제가 사는 대지를 드럼통 삼아
두드리고 있다는 생각이 든다
잘 살아내는 일이란
가슴속에 응어리진 것들을
그렇게 제 삶의 박자로 두드리는 것,
아무리 단단하고
질펀한 길일지라도
발 딛고 사는 지금 이 순간을 두드려 보아야 하는
거다
네 발굽으로 대지를 두드리는 말처럼
바닥에 닿았다가
솟구쳤다가
막막한 벌판을 뚫고 나가야 하는 거다

되새 떼

노을 진 하늘에 펼쳐지는 되새 떼의 군무는 그물 같다

어둠 속으로 도망가는
산 한 마릴 잡으려고
쉴 새 없이 그물을 펼치고 있다

보통 내공이 아니다,
그물을 펴고 개는 데 순식간이다,
처음에는 거대한 스카프 한 장
바람에 휘감았다가,
펄럭였다가,
구겨지기도 하지만
한순간 하늘로 솟구칠 때는
세상을 다 덮고 남을
거대한 철 그물이 된다

날이 저문 후, 마지막
그 무겁고 시커먼 그물 한 장 펼쳐 들자

도망가던 산 한 마리 꼼짝도 못하고
그물 속에 갇히고 만다

내일 아침이면 고래 같은 산 한 마리
끌어올리기 위해
마을 사람들이 바삐 산에 오를 것이다

5월의 딱따구리

딱따구리가 굴참나무에
공사를 한다

일정한 간격으로
파헤치는 소리,
힘 있다

어디로 연결된
무선 배터리를 차고 있나

쉬지 않고
무거운 머리에 달린 부리가
아스팔트를 뚫는 뿌레카*처럼 따따따따따따따따
세상과 오래오래 싸울 벙커를 만든다

저 야무진 소리가
딱따구리다

그 소리는 주저하지 않은 채

단단한 것들을 뚫고 지나간다

*해머드릴

진달래는 메가폰이다

보아라,
하고 싶은 말이 있으면
외쳐야 한다는 것을

4월 16일의 주작산,
목젖이 몸 바깥으로 터져 나오느라
발끝까지 붉어진
진달래가 쏟아져 나온다

무더기로 피어 억울한
무슨 일이 일어났는지
기어이 알아야겠다고
입을 내민 채
소리치고 있다

얼마나 하고 싶은 말들이 많아
바위틈을 벌려 놓은 것이냐

바위 틈틈, 갈라진 곳마다
물소리 점점 커진다

틈새마다
메가폰을 든 진달래 피어올라
주작산은 절정이다

평사리, 거기

바람에 떠밀려 산에 오른다
산길엔 집 몇 채,
설핏 돌아서는 모서리에
복사꽃 환하다
도장 박듯 동그랗게 둘러선
꽃들은 봄이면 무슨 서약을 지키려는 것인지
둥근 무덤 하나 밭 가운데 끌어안고 있다
에헤라, 거기쯤
누구나 들어갈 수 있지만
아무도 다시 나올 수 없는 곳
그 곁에서 할머니가 둥근 무씨를 던진다
세상의 모든 것은
둥글어지기 위해 움직이는 것은 아닐 건데
살다 보면 나도 모르는 사이
각이 죽어 둥근 숨 쉬고 있다
복사꽃잎 몇 날 챙겨 든 할머니의 둥근 손이
다 안다는 듯이 무씨 속에 잠든 숨소리
가만히 끌어당겨

흙 속에 내려놓는다

꼬리조팝나무

광통교, 광교 지나
청계천 난간에 꼬리조팝나무 꽃 피어 있다
줄줄이 핀 흰 꼬리들이 꼿꼿하다
흰 개 떼들이 맹렬히 몰려와
몸통과 네다리를 땅속에 처박고 뒤돌아 짖는다
그 속에 입맛 다시는 뼈다귀처럼
먹고 살 것이 있는 것일까
어떤 꼬리조팝나무는 놓치지 않고
봄바람을 꽉 물었는지,
흰 꼬리를 바르르 떨기까지 한다
꼬리가 꼬리의 꼬리를 물고 늘어지느라
봄 내내 흰 개 꼬리가 가득하다

벚꽃

저 연분홍 가발,
효력 만점일 거 같다
고단함과 불행을 잠시 접어두고
뽀글뽀글 파마머리 한 듯
부풀어진 가발을 하나씩 골라 써 보자
내가 몰랐던
가슴 두근거리는 일들이 생길지 모른다
삶의 안정을 찾아 주는 진정제처럼
푸른 하늘의 봄 구름과 잘 어울릴지 모른다
둥글둥글 이쁜 연분홍 가발
머리에 얹고
섬진강길 걸어 보자 걸어가 보자
인생이란
끊임없이 바꾸고 바꾸는 것,
남들이 뭐라 하든 망설이지도 두려워하지도 말고
연분홍 가발을 쓰고 가 보자
달아오르는 가슴이 복받치고 나면
삶의 어떤 요동이 들어왔다 나갔다 하고 말 테니까

대지

디귿자가 멈춰 서 있는 동안
기역자가 앞으로 간다
시옷자가 다리를 벌리며 허리를 펴고 있다
ㅏ가 되고 ㅓ가 되어 서기도 했으며
그 자모음들이 짝을 맞추어
마늘잎 자라듯 했다

황토밭의 바쁜 자모음들

아하, 어머니들

3부

생명을 틔우는 마술

덧니

아이의 송곳니 잇몸에 흰 뼈가 도드라졌다
무서워, 부랴부랴 치과엘 갔다
치과의사 하는 말이
배냇니가 아직 빠지지 않아서 덧니가 옆으로 삐어
져 나왔다 한다

걸림돌이 된 배냇니와
밀고 나오기 미안해서 옆으로 나온 덧니를 생각하
노라면,
어느덧 배냇니와 덧니의
그 관계에 마음이 짠해진다

사라질 것은 사라져야 하는데

밀고 밀리는 순서가
막 스쳐 지나가고 있다

연리근

대흥사 뜰 안에 서 있는 두 느티나무,
현재 수고 20미터, 수령 500년인 느티나무,
서로의 뿌리를
밧줄처럼
묶고서

너무 오래된 연애 교과서처럼 서로 끌어안고 있는
나무,

사랑이 변하지 않을 만큼 병적인 나무,

사랑이 변하지 않아서 너무 심심한 나무,
사랑의 노예가 된 나무,

질투를 불러일으키는 나무,

나무야, 네가 절 안에 있다는 게 문제야 하고 말하
고 싶어지는 나무,

걸어 나와서 다른 나무한테도 한눈 팔아보라지,
권해보고 싶은 나무,

오늘에 와서는 너무도
보수적인 나무가 되어버린

그 나무가,
그 옛날 언제인가부터 달콤하고 행복한 벌 받고 있다

관계
— 꽃과 벌

사납게 빨대를 꽂고
꽃을 파고 들어간다 해도
벌은
꽃 속에 갇히고 만다

방심은 금물이다

꽃 속에 꿀이 있어
그것을 벌이 따먹은 것처럼 보이지만
꽃이 벌을 빨고 있었던 것이다

다 같이 거칠게 살아야 할 상속자들

꽃은 속에 든 은밀한 것으로 벌을 빨아들이고
벌은 다른 꽃으로 날아가는 첩자가 된다

하루하루 위험한 순간들을
물고 물리며 사는

더할 나위 없는 관계가 눈부신 이 세상이다

마술

한입 가득 후루룩
마셔 버린다
요즘 말로 팔학년이 되신
할아버지의 입 근육이
오물거리신다

과연 관록이 있는 믹서기라
칼을 쓰지 않으신다

오물오물거리면서
홍시의 살과 뼈를 발라내신다

씨앗을 퉤퉤 뱉어 버리는 것은
생명을 틔우는 마술이다

할아버지,
아직 고장 나지 않으신 것 같다

고인돌

무거운 돌 아래
몇천 년 누워 있던 사람이

터벅터벅 걸어 나와
영원히
사라지지 않는 것도
지루하다며

새들을 하늘로 날렸다가
홍단풍 빈 가지에 뿌리다가
제자리에 선 채로
눈을 감는다

수백 톤의 침묵이
읽다 간 꽃들이
바람 아래 가볍다

매일매일 와서

새로 생긴 무덤 한 페이지씩
천천히 침 묻혀 넘기고 싶다

산돼지

봄밤에 산돼지 추락한다

구덩이 속을 빠져나갈 수 있는
방법은 무엇인가

몸뚱이는 이미 피비린내 낭자한
검은 철쭉 밭이다

그 산돼지,

가지도 오지도 않는 시간
멈춰 굳어 버린
먼 곳에 별빛만 차다

빛나는 별조차 어둠 속 길이 아닐 때

산돼지가 온몸으로
구덩이를 조용조용 삼켜

구덩이가 되어 간다

나무 그늘 사이로 비치는
햇빛마저 무럭무럭 썩어 가는
밖이 없는 구멍

뻣뻣한 털이
바람과 접 붙을 때까지

세숫대야論

세숫대야를 보면
징을 닮았다는 생각이 든다
세수를 하고 비누 거품으로 가득 찬 물을 버리면
무언가를 말하고 싶다는 투로 그려진
세선의 물결무늬

물속의 네 육신이 흔들리고
어푸어푸 물먹은 네 육신이 흔들리다 멈추어 섰을 때
지나온 내 꿈보따리를 뒤적이다 보면
나 또한 너처럼 사무친다

우리 모두는 울고 싶은 거다 혹은
말하고 싶은 거다
우리가 가는 여행에 대해 아무도
증거하지 않았지만
대개는 자신의 억울함에 대해
눈시울 적시며 살아왔고 살아가고 있는 거다

징, 하고 울린 적 없지만 너처럼
속으로 감춘 말줄임표가
한없이 가슴속에 그려져 있는 거다

나는 도대체 몇 번째 나인가

그가 강의실에서 테이크아웃 커피를 건네면서
다가올 때 신비로웠다
처음 만나는데도 벌써 만난 것 같은 이 느낌은 무엇
일까

그렇다면 우리는
염라대왕이 발급한 여권을 몇 번쯤 받아 봤다는 것
일까

더 멀리 가지 않더라도
호모 사피엔스가 존재하는 그날로부터
몇 번쯤은 오가다 만난 사이는 아니었을까

적군처럼 만났을까
식구처럼 만났을까
산길 어디쯤에서 눈길로 스쳐 가다 만난 사이였을
까

그사이에
그는 왜 이렇게도 친절해졌나

나는 언젠가 왔던 이 행성의 삶을 의심하면서
수만 년의 나이를 까먹은 듯 살고 있다

그사이에 나는 도대체 몇 번을 사라지고 태어난 것
일까

물소리

산길 계곡에 물소리, 물소리 따라온다
내가 걸어가면
걸어가는 듯,
내가 뛰어가면 뛰어가는 듯, 따라온다
함께 가는 물소리와
앞서서 가는 물소리도 있지만
뒤에 오는 물소리도 있다
그 길 한없이 걷다 보면
절망이 굽이치는 소리처럼 들리기도 하고
벼랑 끝에서 떨어져 겨우 살아난 듯도 하다

물소리도 그렇게 살았고,
나도 그렇게 살았을까

그래서 물소리한테 말하고 싶어진다

나는 너처럼 물속 바위 사이를 통통통 걸어가고,
너는 나처럼 산길 데크와 계단을 흘러갔으면 좋겠

다고 중얼거린다

　　그러다가 우리가 잘 알고 있지만 궁금한 너의 내력,
　　날카로운 바윗돌에 부딪히면서 유유히 흘러가는
비밀에 대해서도 한 번쯤은 꼭 물어볼 것이다

파도

바닷가 수평선처럼 살고 싶었다

수평으로 살고 싶었다

폭포 같은 수직의 독설이 아니라

수평선이 보이는 평상 위에서

낮잠을 자고 싶었다

밀려오고 또 떠나가게 하고,

떠나가고 또 밀려오게 하면서

편안하게, 오래도록 곱씹고 싶었다

말 몰 듯 수평으로 왔다가 거품으로 잦아드는

모래밭 물결처럼 사라지고 싶었다

거침없이 밀려와서 거침없이 떠나가고,

시시때때로 잘못 꺾이는

내 앞뒤를 자꾸만 바꾸고 싶었다

참새 떼

겨울 하늘 나뭇가지에 앉은 참새 떼들은
아직 거두지 않는 열매 같다

지저귐도 없이
주먹돌처럼 나란히 앉아 있다

허공의 벽을 뚫고 바깥까지 날아갈 수는 없을까
골몰하는 중,
날아다녔다는 사실조차도
잊은 것 같다

그러니 참새 떼는 죄다, 자기 앞에 바라다보이는
저, 허공의 깊이를 노려보기보다
자기 안의 자기를
들여다보고 있는 것이다

가야 할 환한 길은
벽을 뚫고 허공의 바깥으로 가는 것보다 먼

자기 내면의 종점을 향하여 가는 일이리라

혈압기

병원 로비에는
나와 세상의 행로를 속속들이 읽어내리는
혈압기가 있다

슬픔을 하나씩 넘어설 때마다
혈압은 내 것이 아닌 세상의 것이었다

혈압기가 어깨 밑 근육을 조일 때,
나는 내 맥박만으로도
이 세상의 기미를 알아챌 수가 있다
지금 나의 맥박은
밖으로 열린 또 다른 귀

세상이 만져진다
요동치고 있다

그것이 어찌 나만의 두근거리는 시간이었겠는가
그것이 어찌 내 몸만 느끼는 압력이었겠는가

먹이사슬

소나무와 소나무 사이에 과녁처럼 거미줄이 하나
걸려 있다

그곳에 어떤 생의 숨 하나가
온몸으로 꽂혀 있는 게 보인다

자꾸 거미의 속마음이 들여다보이지만
그냥, 10점 만점의 포인트라고 불러보자

이윽고, 그 과녁의 6점이나 5점 정도 되는 곳에
무언가 걸리고 만다
아뿔싸, 자기 앞길을 잘못 쏜 고추잠자리,
십자가에 못 박힌 형상으로
먹이가 되지 않기 위해 몸부림치고 있다

한 아이가 고추잠자리를
그 과녁에서 떼어내려는 순간,

그걸 본 어떤 사람이 야, 이 녀석아!
거미가 굶어 죽으면 네가 잠자리 잡아다 줄래, 한다

착시

시동을 껐는데도 차가 움직인다
깜짝 놀라 브레이크를 밟는다
브레이크가 말을 듣지 않는다
언제나 상황은 불가항력,
어쩌란 말이냐
운전대를 두 손으로 꽉 쥐고도 어찌할 수 없을 때
지나가는 차를
두 눈 뜨고 보다가
다시 정신 차린다
내가 너를 스쳐 지나간 것이 아니라
건너편 차가 나를 스쳐 지나갔을 때
내가 간다고 여겼을 뿐
나는 가지 않았다
갔다고 믿었는데
가지 않는 삶,
내 착시는 죽을 때도 그럴 것 같아
나는 쉼 없이 나를 뒤집어 본다

아무래도 눈이 올 것 같아

한겨울 국밥집이 소극장 무대 같다.

시장 골목에는 살 에는 바람이 불고 김이 서린 유리
문은 덜컹거린다.

국밥집 탁자엔 단골손님인 듯한 노부부와 홀로된
할머니,

이렇게 셋이서 청양고추에 된장을 찍어 국밥을 말
아 먹고 있다.

혼자서 온 할머니는 홍어 파는 노부부 할머니의 오
래된 친구.

그런데 뭔가 수상하다.

할아버지 옆자리 할머니의 찔벅대는 말투를 들으니

앞의 할머니, 할아버지와 뭔가 감춰둔 사연이 있었
던 모양이다.

자리가 어색한지 할아버지가 주방 쪽에서 내장을
손질하는 쥔네에게

다정스러운 말투로 "어이! 영숙이 동생" 말을 거니
까,

할머니 그 틈새를 놓치지 않고 "영감! 쩌그가 동생이

면 요 앞에 있는 사람은 뭐라 불러!" 채근한다. 하지만
할아버지는 말이 없다.

"가게 밀차 집에 갖고 갈까 말까?"

"계산은 현찰 박치기여? 아님 카드로 하까?"

할아버지는 할머니의 파고들기에 무너지지 않는다.

이미 지난 일, 어쩔 것이냐.

날 받아 논 친구들

국밥 한 그릇씩 나눠 먹는 사이일 뿐인데

하루해가 저물어도 외롭지 않게 앉아 있음

반가운 일 아니더냐.

세 사람은 이렇게 주거니 받거니 자신들도 모르게
와 버린

국밥집에서 속을 푼다.

아픔도 물러터져 그리움이 되어 가는 나이

늦도록 바람은 불고 유리문은 덜컹대고,

그러니 술 한잔 더 마시다 보면

아무래도 눈이 올 것 같지 않느냐.

흰 눈 속에 세상이 영영 지워져 버릴 것 같지 않느

냐.

국밥집의 지나간 사랑은 좀체 식을 줄을 모른다.

4부

최후처럼 주저앉고 최초처럼 일어서는

쓸쓸한 무대

여고 근처 골목, 한 자전차포에는
옛 삼천리호 신사용 자전거와
짐발이 자전거들이
말없이 풍장 당하고 있다
어느 짐승이 발라먹고 남은 뼈다귀인지
유골만 남은 놈들이 누군가를 기다리고 있다
녹슬지 않은 제 몸의 일부를 기증하겠다는 듯
바퀴만 남아서 빈 허공을 하염없이 돌리고 있다
우체부의 힘줄이었을 체인은 끊겨서 꼬여 있고
화장품 야쿠르트 아줌마의 기반이었을 받침대가
벽 쪽으로 몸을 기대고 있다
수염 돋은 전기 검침원과
수염 돋지 않은 수도 검침원의
중심이었을 저 자전거,
온몸 관절이 삐걱거린다
이 자전거포엔 넘어지기는 했을망정
결코 뒷걸음친 기억이 없는 자전거들이
대롱대롱 갈고리에 걸려

먼지에 쌓여 살고 있다
등장인물은 모두 생략되어 있다
지방지를 배달하는 고등학생과
지금껏 닭발을 사러 다니는 우리 아버지까지도
과감히 생략한 이 실험극을 보고 있으면
나는 손바닥 터지도록
기립박수를 하고 싶어진다

단식

나도 목어처럼 깡말라 볼까

소금물만 빠져나갈 정도로
비우고 나면
살찐 복근들이, 뱃속에 가득 찬 똥과 욕심들이
꼬들꼬들 말라서
딱딱해질 때까지

그때, 누군가 내 몸을 두드리면
갈비뼈가 지나가는 어디쯤에서,
괜찮은 울림소리 새어 나올까

떠다니는 헛소리며,
애 터지는 소리,
어금니를 물고도 참을 수 없는 소리들이
괄약근을 뚫고 모두 다 빠져나간 뒤
텅 빈 채로 견디다 보면,
이유가 없이도 잘 살아내던 날들이

투덜거리며 가까이 오고 있을 것이다

해가 질 때 뜨는 해

그때가 2015년 2월 18일 오후 5시 56분이었어. 바간, 쉐산도 파야에는 세계 경향 각지에서 몰려든 여행객이 발 디딜 틈 없이 빼곡했어. 모두 다 강 건너 지는 해를 바라보며 핸드폰과 카메라를 들이대고 있었지. 어떤 사람들의 입은 자꾸 벌어지고, 넋 빠진 채 황홀한 표정까지 짓는 이들조차 있었어. 아름다움에 눈 멀어 해가 저문다고만 생각했을지 모르지. 그러나 그건 아주 잘못된 편견이었어. 이쪽의 대지에서 해가 지고 있을 때 저쪽의 바다에는 해가 뜨고 있는 거였어. 어디에서 바라보느냐에 따라 삶이 고동칠 수도, 잿빛 어스름으로 사라질 수도 있다는 것을⋯ 우리 곰곰 생각해 봐. 저, 해가 질 때 뜨는 해를.

사랑

나의 아버지 김희종 씨가 병원 응급실을 서성인다 복
도에는 가을 국화가 풍성하다 김희종 씨는 나의 어머니
심영민 씨를 평생토록 애 터지게 했는데, 다 술 때문이다

수렁에 빠진 생이 아니었으면 이까짓 술은 안 마셨을
거다,
고 하는 것은 김희종 씨의 변명일 것이다
차근차근 살아온 거다,
차근차근 살아오다 보니 술이 김희종 씨를 먹은 거다,
고 하면
또 억울할 것이다

응급실 복도의 국화를 보면서 김희종 씨의 오래된 친
구인 심영민 씨의 가슴을 저리게 하는 말,
김희종 씨가 "닭발 좋다야, 참말로 좋다야" 하는 말에
이르러선
내가 나를 참지 못한다
내가 나를 울어 버린다

나는 그 순간을 오래도록 잊을 수 없었는데,

김희종 씨는 포장마차 보조의 내력을 숨길 수 없었
던 거다

포장마차 주인인 심영민 씨는 국화를 닭발로 읽고
있는 김희종 씨가 부앳가심이었지만 그래도 곁에 있는
것만으로도, 술에 취해서까지 항상 자기를 생각하고
있는 그 한마디로도 또, 녹아나고 있었던 거다

평생의 짐이었던 김희종 씨를 징그럽게 짠하게 사랑
했던 거다

불회사 장승

불회사 할아버지 장승의 턱수염은 불가해한 상형문
자나 무슨 무슨 수수께끼 같다

내 얘기가 맞나 한번 곰곰 살펴보라
아래로 갈수록 점점 좁아지면서 꼬인 것이 지게의
멜빵이 아니고 무엇이겠나 젊은 날 두 어깨가 으스러
지도록 메고 다녔던 굴레 같은 것

한번 곰곰 살펴보라 내 얘기가 맞나
그 젊은 날에 사랑했던 한 여자의 땋은 머리 같은 것
이 아니고 무엇이겠나 검은 머리가 파뿌리 되도록 살
고 싶었던 아름다운 약속 같은 것

내 얘기가 맞나 한번 곰곰 살펴보라
생이 번개 불빛만 한 것이라는 것을 알게 될 나이가
됐을 때 꼭 붙잡고 싶은 동아줄이 아니고 무엇이겠나
누구나 한번 잡고 싶었던 운명 같은 것

한번 곰곰 살펴보라 내 얘기가 맞나

나이 들어 할아버지가 됐을 때 무릎 위에 앉은 손주들이 신나게 가지고 놀았던 노리개가 아니고 무엇이겠나 비로소 꽈배기 엿가락처럼 달콤했던 날들 같은 것

다시 한번 내 얘기가 맞나 곰곰 살펴보라

불회사 장승의 턱수염은 늙은 시간만 가리킨 거 아니라 몸부림치는 인생을 조련했던 마음속 채찍 같은 것, 지금도 상상력을 무럭무럭 키울 수 있는 은유가 숨어 있는 스무고개가 아니고 그 무엇이겠나

노점상 사내

리어카에 줄줄이 걸린
걷지 못하는 다리,
아 늘씬한 마네킹 다리,
아흐, 아까워 침을 삼킨다

그 리어카를 끌고 나온 사내의 다리도
결코 뛰지 못하는 고무 다리,
아흐, 놀라워라,
그 다리로
한 가정의 생계를 끌고 가는
길바닥의 낮은 전략이여

사내는 사라진 다리로 먹고산다
기다림과 싸우며
독심술로 하루를 관통하는 그 다리는
항상 최후처럼 주저앉고
최초처럼 일어선다

빨간 고무장갑

뭔가를
하염없이 만지작거려야 했다
손등 위로 흐르는 시간 따위
볼 틈이 없었다
그것이 시금치든 봄동이든 호떡이든
붕어빵이든 꼬막이든 황실이든
뭣이든
빨간 고무장갑을 낀 그녀들의 손은
끊임없이 움직이고 있었다
그녀들의 손은 수면 안에 감춰진
오리의 물갈퀴,
차가운 곳 향해 무리 지어 날아가는 오리처럼
그녀들의 먹을 것 또한
물속 저 밑바닥에 있었다
그녀들은
더 좋은 자리 찾아 뜨고 싶어서
마음속에 불자동차를 달고
오리의 물갈퀴처럼 물무늬 그리며

날마다 수면 위를 차오르고 싶었다

보성 가는 길

기차 타고 보성 갈 때
마주 앉은 외할머니 같은 분,
남광주 시장 귀퉁이에서
푸남새 몇 가지 팔고 오셨을 테지
할머니가 내릴 간이역 나야 알 수 없지만
내리는 곳 뒷산이 무덤 자리겠지
나는 기차에 앉아
슬몃슬몃 할머니를 바라보며
휙휙, 지나가는 창밖 소나무를 바라보고 있었다

기차가 움직이기 시작할 때
떨꺽 뒤로 쏠리는 등처럼
할머니가 버텨 왔을 이야기가 듣고 싶었다
기차 바퀴가 움직일 때마다
쇠가 쇠를 갉아먹듯 관절음 끊임이 없고
좌우로 흔들리는 고개처럼
기차의 난간마다 말이 없는 몇몇 얼굴들

때로는 잊고 싶고 때로는 붙잡고 싶었던
할머니의 푸성귀 같은 날들

할머니의 얼굴에는 높은 산
깊은 강이 소리 없이 흘러간다

내가 넘어야 할 생의 높이도 다르지 않으리라
강물에 던진 돌멩이처럼 퍼져 가는
입가의 저 주름살,
어디선가 내가 건너야 할 깊은 강물 소리가
끊임없이 들려오는 보성 가는 길

혼잣말

내가 현실이 아닌 듯 착각하는 전철의 창밖,
어느 역이었을까
빨간 털실 모자에 빨간 점퍼와 빨간 배낭, 빨간 장갑
과 빨간 양말
모두가 빨간 것으로 치장하고 나오신
할머니가 예사롭지 않다
두 눈은 성에 낀
전철의 천정을 향하고 있는데
할머니 누군가에게 열심히 말을 걸고 있다
터진 입을 도무지 다물 줄 모른다
이어폰을 꽂고 핸드폰을 하는가 착각했지만
다시 뱉는 말들
시어머니와 며느리와 아들딸들에게 전하고 싶은
세상살이 핵심 요강들이다
오래도록 스스로 걸어 잠가 놓은
방언이 터져 나오고 있는 것이리라
저, 퍼즐을 꿰고 나면
잠 못 드는 할머니의 긴긴밤도 맞춰지리라

단 갱엿이라도 입에 문 듯
오물오물 한없이 내뱉는 혼잣말,
이세돌의 바둑돌처럼 한 수를 놀 때마다
한 수도 물러설 수 없는 기세가 완강하다
혼잣말은 고스란히 살아 있는 말,
그 할머니의 가족사가
덜커덩덜커덩 북한강 철교 위를 건너가고 있다

거리

이리저리 헤매는 그가 간다.

구청에서 일당 받으면서 쓰레기를 줍는 그가 간다.

흰 장갑을 끼고 조끼를 입고 집게로 쓰레기를 줍는
그녀도 간다.

흰 장갑의 다른 그녀와 그들이

집게로 잡은 무언가를 봉투에 집어넣으며 온다.

빨간 점퍼의 머리 숭숭한 파마머리 그녀가 바구니
를 들고 온다.

하얀 운동화에 회색 치마의 여학생들이 지나가고,

검정색 바지에 분홍색 셔츠를 입은 그녀는 핸드폰
으로

문자를 하는지, 카톡을 하는지, 검색을 하는지, 그런
것을 하면서 온다.

안경 끼고 헬멧 쓴 택배 맨이 간다.

그 뒤로 쏜살같이 짜장면 배달 알바 녀석이 뒤따라
온다.

그 뒤에는 휠체어에 탄 어머니를

분식집에서 밀고 나오는 딸들이 막 따라나오고,

이어폰을 양 귀에 꽂은 24시 마트 알바생
대학생으로 보이는 녀석이 가고,

또 다른 녀석이 반대편에서 오고, 또 가는 사이에
경적도 없었고,
삿대질도 없었고,
한숨 쉬는 소리도 들리지 않았다.

이리 될지 누가 알았나.
영문도 모를 몸들이 거리에 엉켜 있다.

말집

김구 선생이 여기저기에서 받은 선물로
바자회를 열어 전재민이 살 마을을 만들었단다
백 가구가 화목하라고 백화百和마을이라 했더란다

그 마을의 집들은 한 지붕 아래
방 한 칸 부엌 한 칸 다닥다닥 붙어서
여러 집이 살았는데
줄줄이 말들이 사는 마구간 같다고 해서
말집이라 불렀단다

애처로운 그 집
말집,
그게 어찌 집 모양으로만 만들어진 이름이었겠느냐
그 집에서 뛰쳐나가고 싶은
말만 한 새끼들이 살고 있어서 그랬을 것이다
그 말들은 밤이면 얼마나 많은 말을 하고 싶었을까
눈물로 된 말
사무치는 말

말은 말을 만들고,

그 말은 또 쌓이고 쌓여서

저녁이면 별이 빛나는 말집이 되었을 것이다

사라지지 않는 방울뱀

괜찮다. 제발! 혼자서 머리 감게 놔둬라. 그 사내는 이발사가 머리를 감겨 준다 해도 그 친절을 믿을 수 없다. 엎드려서 물만 갖다 대도 그 물이 무섭다. 몸으로 다가오는 모든 것은 몸서리치는 두려움이다.

김군*의 마지막을 지켜봐야 했던 끔찍한 그날이, 바로 그날이 있고부터 그의 삶은 뒤틀리기 시작했다. 아귀가 맞지 않아 일상의 자잘한 것들이 짓뭉개지곤 했다.

그날을 떠올리면 말더듬이가 된 듯 입술부터 떨려왔다. 그에게서 떠나지 않는 기억이 그의 몸을 바꾸어 놓고 말았다. 그의 등 뒤로 그림자가 어른거리거나 몸 가까이 손길이 스쳐 가려 할 때, 정체 모를 불안감이 꼬리를 흔드는 방울뱀처럼 들어와 온몸을 떨게 한다.

언제부터인가 그 사내는 몸속에 들어와 사는 그 방울뱀을 건들지 않으려고 이발소에 가서도 혼자서 머리를 감는다. 정신을 차리고 두 눈을 부릅뜬 채.

* 1980년 5월 24일 송암동에서 계엄군에게 붙잡힌 시민군이 있었다. 그 중 다큐멘터리(《김군》, 강상우 감독)에 나오는 지만원이 북한 특수군 '제1광수'로 지목하는 '김군'이라 불리는 이도 포함되어 있었다. 넝마주이로 추정된 '김군'은 피신해 간 집 앞마당에서 계엄군 하사가 쏜 M16에 관자놀이를 관통당하고, 바로 곁에 있던 최○○ 씨 앞에서 피범벅이 된 채 고꾸라졌다. 그날 이후 40년이 지난 지금까지 최○○ 씨는 몸서리치는 두려움을 껴안은 채 죽지 못해 살아가고 있다.

옹이와 뿔

김형중(문학평론가)

1

낭만주의나 상징주의 이후의 관습적인 은유 속에서 문학, 특히 시는 일종의 병에 비유되곤 한다. 이제 (어딘가 엄살과 신비화의 혐의가 짙은) 천재, 광기, 기행奇行, 각혈 같은 단어들이 그다지 장려되지 않는 시대라지만 아직 그 관습의 위력은 남아서, 문학을 지병처럼 야금야금 오래 앓는 사람들은 여전히 있다. 대체로 문학이라는 이름의, 인력이 아주 강한 장場에 발을 들여놨으나 (말하자면 감염되었으나) 이런저런 이유로 그 일에 자신의 전부를 투자해 보지 못한 사람들에게서 증상은 보다 선명하다. 내가 아는 한 김호균 형도 그런 병자들 중 하나다.

2

그가 제1회 '오월문학상'을 수상한 것은 1985년의 일(전남대 중문과 재학 시절이었고, 지금의 《문학들》 발행인인 송광룡 형과 공동으로 수상했다고 들었다. 뜨거운 날들에 사람 좋은 형들이 아직 젊던 시절 이야기다), 그리고 세계일보 신춘문예 시 부문에 당선

된 것은 1994년의 일, 그러니까 길게는 35년 짧게는 26년 동안 그는 분명 시인이었다. 게다가 그는 그사이 단 한 번도 문학(화)판에서 멀어져 본 적이 없었다. '광주청년문학회' 창립 멤버(이 단체의 이름은 아직도 내 기억 속에서 온도가 높다), 광주전남작가회의 사무국장, 종합지 《사회문화리뷰》 편집장 등등, 운동이라면 운동이겠고 봉사라면 봉사겠고 직업이라면 직업일 수도 있을 그 일들이 모두 '쓰거나 마시는' 행위와 무관하지 않았다. 2004년 이후 그가 오래 자리를 지킨 ACC(국립아시아문화전당)도 '문화'와 관련된 곳이니 그가 항상 글 쓰는 일의 중심이나 주변에 머물렀다는 내 판단에 틀림은 없어 보인다.

그러나 그가 그 시기 동안 정말 '마음껏' 문학을 했을까? 아니었던 듯하다. 그는 시를 너무 드문드문 발표했고 그 긴 세월 동안 시집 한 권 출간하지 않았다. 게다가 ACC에서 근무를 시작하던 무렵부터, 게으른 나로서는 지면에서 그의 시들을 찾아 읽는 일 자체가 불가능해졌다(그의 말로는 몇 군데 띄엄띄엄 발표한 적은 있었더란다). 그래서 나는 시집 없이 20~30년째 시인인 그가 (여전히 쓰고 있다면) 원고들을 어디에 어떤 식으로 묵혀 두고 있는지 종종 궁금해지곤 했다. 어떤 때는 그가 결국 시를 포기한 것 같기도 했다.

그러던 그가 내게 느닷없이 전화를 걸어 온 것은 지난 초여름, 막 더위가 시작되던 즈음이었다. 형 왈, 작년에 ACC를 그만뒀단다. 다시 시를 쓰겠단다. 묵혔던 원고도 시집으로 묶어 볼 요량이란다. 내게 발문을 써 달란다. 그의 표정은 여전했다. 확실히 그는 아직 문학을 앓고 있는 게 분명했는데, (오래전부터 그랬지만) 몽환적이라고 해야 할까, 무심하다고 해야 할까? 밥을 먹고 커피를 마시는 동안 그는 분명 내 앞에 앉아 있었는데, 한편으로는 지금 여기가 아닌 다른 데 시선을 둔 사람 같은 느낌이었다. 길고 깊은 생각이 있는 듯하지만(지금 그는 일생일대의 결심을 말하고 있지 않나) 툭 던지듯 짧게 말하고, 결심을 담은 진지한 말임에 분명하지만 별거 아니란 듯이 흘려 말하고, 나를 보고 있는데 동공의 초점은 나와 그 사이 중간, 아니면 내 얼굴 너머 다른 세상을 보는 듯한……. 말하자면 그는 여전히 좀 소금쟁이 같았다.

출판사에서 보내온 그의 첫 시집 원고를 통독하면서 「소금쟁이」라는 시에 눈길이 오래 머문 것은 그런 이유다. 나로서는 아무래도 이 시가 그의 그 표정에 대한 해명이자 병인病因에 대한 자술인 것만 같았다.

소금쟁이는 발목만 담근 듯 만 듯

그러니까, 세상과는 아주 떨어지지 않으면서도

세상을 사뿐사뿐 가지고 노는

힘,

- 「소금쟁이」 부분

소금쟁이를 본 사람은 이 곤충이 얼마나 가볍고
(세상에 물에 뜨다니!) 연약한 생명체인지 안다. 그러
나 그는 돌연한 행갈이를 통해 그 연약한 생명체에게
한 행 전체의 '힘'을 부여하는데, 아마도 그는 그 힘으
로 (잘, 그러나 힘들게) 살아왔겠지 싶었다. 그러니까
그의 그 모호한 눈빛은 "세상과는 아주 떨어지지 않으
면서도/세상을 사뿐사뿐 가지고 노는" 소금쟁이를 닮
았던 거다. 직장인이되 시는 쓰고 싶은 마음으로, 현
실에 완전히 빠져들지도 않고 그렇다고 영영 초월하지
도 않은 채로, '지금 여기'와 '너머' 사이 어디쯤의 비식
별역을 보고 있는 (혹은 보려는) 이의 시선, 그것이야
말로 형의 그 표정에 감추어진 사연이자 병흔일 거라
고 나는 믿기로 했다.

3

그가 세상에 발을 담그려 하지 않는 이유에 대해서
라면 이런 시들을 읽어 보는 것으로 족할 듯하다.

　　가을이 왔다 포장마차 수족관에 전어들이 쉭, 쉭, 쉭,
날아다닌다
　　마치 비수처럼 날아와 가슴에 박힐 것 같다

　　자객은 어디에 숨었나

　　보이지 않는데,

　　빌딩 안, 책상에 앉은 사람들의 생각이 쉭, 쉭, 쉭, 날
아다닌다
　　압력은 높아지고 있는데,
　　그 압력 누가 높여 놓았나 진범을 찾기 쉽지 않다

　　TV나 신문이나
　　소주 한잔 알싸하니 들이켜는 술판이나
　　허공에 날아다니는 비수로 상처가 못내 심각하다

　　　　　　　　　　　　　　　　- 「전어」 부분

시적 화자는 포장마차 수족관에서 전어들의 속영速泳을 본다. 번쩍이며 빠르게 헤엄치는 전어는 즉시 비수라는 은유를 촉발하고, 그 비수는 배경을 옮겨 이내 압력 높은 사무실 내부를 날아다닌다. 급기야 세계 전체(TV나 신문)가 찾을 수 없는 "진범"이 던진 비수들로 가득 찬다. 이 시의 마지막 행은 이렇다. "전어가 돌아오는 가을/사람들은 다 상처투성이다".

주인을 알 수 없는 비수들이 날아다니는 상처투성이 사람들의 세계……, 종종 김호균의 시에서 어떤 불안과 방어의 어조가 발견된다면 (「먹이사슬」, 「밤 기차」, 「국도의 거울」 같은 작품들이 있다) 나는 대체로 그것이 그의 이러한 세계 경험과 (사적으로도 공적으로도) 관련이 있다고 믿는 편이다. 가령 짱뚱어에서 그가 발견한 '둘러보는 힘'이 그렇다.

불안투성이일 수밖에 없는 생의 전투였으리

참호를 파놓고 눈자위를 끔벅끔벅 사주경계하느라 여념 없는

그 둘러보는 힘이 없었다면

짱뚱어는 짱뚱어가 아니었으리

−「짱뚱어 1」부분

세계가 비수들의 전장일 때, 생은 불안투성이 전투
다. 그 불안이 짱뚱어를 예의 소금쟁이처럼 뭍에도 물
에도 (그리고 하늘에도, 왜냐하면 짱뚱어는 뛰었다
내려올 뿐 영영 날지는 못하니까) 정착하지 못하는 경
계적 존재이게 한다. 짱뚱어의 눈은 그래서 "끔벅끔벅
사주경계하느라 여념"이 없다. 그러나 바로 그 불안한
끔벅거림이 역으로 짱뚱어의 존재를 단단하게 결정하
기도 한다. 그 시선 덕에 짱뚱어는 물도 뭍도 아닌 비
식별역에서 세속에 함몰되지도 않고 그렇다고 훌쩍
날아오르는 초월을 감행하지도 않으면서(초월이란 얼
마나 손쉬운 시적 포기인가), '존재'를 얻기 때문이다.

4
그래서 나는 형의 눈이 짱뚱어의 눈을 닮았다고 생
각하는데(형은 용서하라!), 물론 심미적인 이유 때문
은 아니다. 짱뚱어는 미적으로 그리 훌륭하게 생긴 동
물은 아니니까. 다만 그의 그 몽환적인 시선이 세상의
무례함이 주는 불안을 피해 '어딘가' 다른 곳에서 '무

엇인가' 다른 것들을 찾고 있을 것이라는 점에서만 그의 눈은 짱뚱어를 닮았다. 그리고 당겨 말해 그의 시선이 항상 찾고 있는 '무엇인가'는 (비유 일반을 지시하는 큰 의미에서) '은유'다. 여기 김호균의 시작 원리 전체를 함축하고 있다고 해도 과언이 아닌 시 한 편을 옮겨 본다.

불회사 할아버지 **장승의 턱수염은 불가해한 상형문자나 무슨 무슨 수수께끼 같다**

내 얘기가 맞나 한번 곰곰 살펴보라
아래로 갈수록 점점 좁아지면서 꼬인 것이 **지게의 멜빵**이 아니고 무엇이겠나 젊은 날 두 어깨가 으스러지도록 메고 다녔던 **굴레 같은 것**

한번 곰곰 살펴보라 내 얘기가 맞나
그 젊은 날에 **사랑했던 한 여자의 땋은 머리 같은 것**이 아니고 무엇이겠나 검은 머리가 파뿌리 되도록 살고 싶었던 **아름다운 약속 같은 것**

내 얘기가 맞나 한번 곰곰 살펴보라
생이 번개 불빛만 한 것이라는 것을 알게 될 나이가

됐을 때 **붙잡고 싶은 동아줄**이 아니고 무엇이겠나 누구
나 한번 잡고 싶었던 **운명 같은 것**

한번 곰곰 살펴보라 내 얘기가 맞나
나이 들어 할아버지가 됐을 때 무릎 위에 앉은 **손주
들이 신나게 가지고 놀았던 노리개**가 아니고 무엇이겠나
비로소 **꽈배기 엿가락처럼 달콤했던 날들 같은 것**

다시 한번 내 얘기가 맞나 곰곰 살펴보라
불회사 장승의 턱수염은 늙은 시간만 가리킨 거 아
니라 몸부림치는 인생을 조련했던 **마음속 채찍 같은 것**,
지금도 상상력을 무럭무럭 키울 수 있는 **은유가 숨어 있
는 스무고개**가 아니고 그 무엇이겠나

- 「불회사 장승」 전문(강조는 인용자)

일종의 귀납 논법을 취하고 있는 이 시의 마지막 은
유부터 살펴보자. 불회사 장승의 턱수염은 시적 화자
에 따르면 "은유가 숨어 있는 스무고개"다. 그 스무고
개를 하나하나 넘어 수수께끼를 푸는 과정이 한 편의
시를 이루는데, 그 과정은 다름 아닌 대상이 감추고
있는 '은유'를 찾는 과정과 등가이다. 그 과정에서 장

승의 수염은 굴레 같은 지게의 멜빵이 되었다가, 사랑했던 한 여자의 땋은 머리처럼 아름다운 약속이 되었다가, 한번 잡고 싶었던 운명 같은 동아줄이 되었다가, 손주들이 신나게 가지고 놀았던 노리개가 되기도 한다. 하나의 대상 안에서 발견되는 은유들의 증식, 김호균의 시는 대체로 이와 같은 작법 속에서 완성된다. 가령 "회화나무 가지의 움직임"은 "리듬을 타는 권투 선수"(「회화나무」) 같다. "미루나무"는 "사내답"(「황룡강 미루나무」)고, 국도의 볼록 거울을 보면 "방패가 떠오른다"(「국도의 거울」). "무등산은 압력솥"(「무등산」)이고, "진달래는 메가폰"(「진달래는 메가폰」)이다. 그렇다면 이제 알 것도 같다, 그의 몽환적인 시선이 어디를 향해 있었는지를……. 그의 눈은 눈앞의 대상을 향해 있다. 대상 너머를 보는 것은 아니다. 그러나 대상 자체를 보는 것도 아니다. 대신 그 대상이 감추고 있는 은유들을 향해 있다.

5

세상은 대체로 비수들의 전장과 같으므로, 그가 아무 때나 세상의 모든 곳에서 지혜로운 은유들을 발견할 수 있는 것은 아니다. 특별히 시인 김호균이 감추어진 은유들을 자주 발견하게 되는 것은 식물과 동물

과 늙은이들, 그리고 무덤에서다(시집의 목차만 봐도
이는 확인된다). 그리고 이것들에는 공통된 특징이 있
다. 모두 지상에 발붙이고 있거나 뿌리내리고 있거나
묻혀 있거나 곧 묻히게 될 것이라는 점이다.

지상의 삶을 비수들의 전장으로 이해하고, 그래서
불안한 사주경계로 존재를 세운 짱뚱어(개펄에서 흙
범벅으로 살므로, 이 역시 지상에 발붙인 존재겠다)
를 노래하던 이가 굳이 다시 지상의 것들로부터 지혜
로운 은유를 찾는 이 역설을 이해하기는 어렵지 않다.
저 대상들에게는 주인도 모르는 채 날아다니는 비수
와는 달리 어떤 역학적 균형 같은 것이 있다. 역학이
라고 했거니와 김호균이 자주 사용하는 시어인 '힘'은
어떤 왕복운동에서 나온다. 상승과 하강의 양극적 왕
복운동이 그것이다. 일례로 「진달래는 메가폰이다」
같은 시는 상승의 '힘'으로 가득 차 있다. '외치다' '터
져 나오다' '쏟아져 나오다' '소리치다' '벌려 놓다' 같은
시어들이 진달래 핀 주작산의 절정을 향해 해방적으
로 상승한다. 억눌린 것들이 마치 메가폰 소리처럼 솟
아오른다. 그러나 이런 시도 있다.

가지 위에서만
피는 것이

자꾸
걸린다

아래 땅바닥

거기도 내가 필 곳이다

매달리고 산
절벽의 밧줄을 끊으며

나는 내려간다

툭, 하고
떨어지면

지축이 흔들리고
내가 살 영토가 다가온다

아래서도 보는 눈이 트이고 말 것이다

- 「떨어진 동백꽃」전문

시행의 진행 자체가 동백꽃의 하강운동을 닮은 저 시에서 동백꽃은 "가지 위"에서 "내가 살 영토"인 "아래"로 진행한다. 아니 추락한다. 그러나 그것은 엄밀한 의미에서 추락이 아닌데, "거기도 내가 필 곳"이기 때문이다. 요컨대 진달래가 해방적으로 상승하는 힘을 발산할 때 동백꽃은 차분히 하강하는 힘을 발산한다. 전자가 초월을 꿈꿀 때, 후자는 세속을 버리지 않는다. 전자는 생의 에너지로 충만하고, 후자는 생명체의 최종 목적지 곧 죽음을 수용하려는 의지로 자신을 비운다. 이렇듯 원심력과 구심력, 이 양자 사이의 왕복운동, 거기서 발생하는 어떤 역학적 긴장, 그것이 김호균 시의 원리라고 나는 생각한다. 그리고 그 역학적 왕복운동이 남긴 가장 지혜로운 은유는 아무래도 염소의 무릎에 새겨져 있지 싶다.

네가 버티는 힘은
뿌리 아니라
너의 그 굳은 앞무릎

세상을 알려면
세상에 무릎을 대야 하고,
거기서 한 발 더 넘어서려면

네 무릎의 옹이가 한 겹 더
네 안쪽을 향해 굽이쳐야 한다는 것을
그래야 너의 성난 뿔이
들이받을 수 있는 힘이 생긴다는 것을

─「염소의 힘」 부분

성난 뿔은 들이받고자 한다. 초월의 원심력이다. 그
러나 그 뿔이 힘을 받으려면 무릎이 땅을 받쳐야 한
다. 세속의 구심력이다. 염소 무릎에 박힌 그 딱딱한
옹이는 바로 그 두 힘의 긴장이 만든 찬란한 은유다.
　언젠가 평론가 김현은 「고난의 시학」이란 글에서 젊
은 시인들더러 이런 말을 한 적이 있다(나는 이 문장
들을 외워서 쓴다). "차라리 그들이 돌아가야 할 세계
는 세계 그 자체일 따름이다. 고난의 시인들에겐, 현실
밖에 극락이나 천국이 존재하지 않는다. 극락과 천국
이 있다면, 이 땅에 있어야 한다." 요컨대 초월이나 구
원은 너머를 꿈꾼다고 실현되는 것이 아니다. 염소처
럼 무릎에 옹이가 박히도록 지상에 매여 있는 자가 되
레 뿔의 힘을 얻는다. 이제 등단 스무 해도 훌쩍 넘어
첫 시집을 갖게 된 김호균 형이 그 몽환적인 눈으로
찾아낸 은유를 나는 염소의 옹이에서 발견한 셈이다.

6

이제 글 빚을 갚았으니, 머지않아 홍수 지나가면 그에게 전화해야겠다. 술 한잔이야 사겠지. 그가 예의 그 몽환적인 눈으로 나를 보든지 나와 자신 사이 어디쯤을 보든지, 이도 저도 아니면 건성건성 내 말을 귀로 흘리며 무슨 다른 은유를 찾든지 상관은 없다. 술은 불타는 물(이것은 내가 좋아하는 바슐라르의 은유다), 그래서 상승과 기화가 본질, 그러나 우리가 마셔야 할 곳은 지상, 그래서 무릎에 옹이를 만드는 곳, 뭐 그런 이야기라도 안주 삼아…….

물 밖에서 물을 가지고 놀았다

2020년 10월 9일 1판 1쇄 펴냄

지은이   김호균

펴낸이   김성규

책임편집   김은경 미순 조혜주

디자인   김동선

펴낸곳   걷는사람

주소   서울 마포구 월드컵로16길 51 서교자이빌 304호

전화   02 323 2602

팩스   02 323 2603

등록   2016년 11월 18일 제25100-2016-000083호

ISBN   979-11-89128-87-6 04810

ISBN   979-11-89128-01-2 (세트)

* 이 책은 ⬡ 광주광역시 GWANGJU CITY 또 광주문화재단 Gwangju Cultural Foundation 의 2020 지역문화예술육성지원사업으로
  지원받아 발간되었습니다.
* 이 책 내용의 전부 또는 일부를 재사용하려면 반드시 지은이와 출판사의 동의를
  얻어야 합니다.
* 잘못된 책은 교환해 드립니다.
* 이 책의 국립중앙도서관 출판시도서목록(CIP)은 서지정보유통지원시스템
  홈페이지(http://www.seoji.nl.go.kr)와 국가자료공동목록시스템(http://www.nl.go.kr/
  kolisnet)에서 이용할 수 있습니다. (CIP제어번호:2020040119)